AF343710

LES PROVINCIALES

PAR

CALIBAN

II

RIEN DE PASCAL.

—

Opposition aux opposants.
C.

PARIS

E. DENTU, LIBRAIRE-ÉDITEUR,

Palais-Royal, 17-19, galerie d'Orléans.

1er JUILLET 1871.

Questions du Temps.

Le discours de M. Trochu.

Caliban à Mimi Pinson.

Le marquis de Carabas.

La Chambre.

Choses et autres.

LES PROVINCIALES

Ceci est un livre de bonne foi.

M.

I.

On demande une Constitution !

Ce titre d'une brochure qui a dû paraître ces jours derniers est heureusement imaginé.

C'est une perle.

Je n'ai pas eu l'avantage de suivre les développements de la pensée de l'auteur. Ils peuvent être ingénieux, spirituels, savants ; ils auront beau se répandre en périodes arrondies et en amplifications érudites, ils formeront un livre qui aura quelque peine à valoir l'étiquette.

Ce titre est sans défaut et vaut un long poëme.

1.

Il a le mérite de rendre simplement une pensée écrite dans tous les esprits.

Il n'est pas de commerçant soigneux de ses affaires, pas de rentier ami de ses valeurs, pas d'ouvrier honnètement attaché au labeur qui est la vie de sa famille, qui ne se répète à lui-même vingt fois par jour :

On demande une Constitution !

Que nous manque-t-il en effet, malgré tous les efforts de M. Thiers, si critiqué jadis, si honoré aujourd'hui, pour que le travail reprenne avec une activité fertile en résultats ?

Est-ce l'argent que nous avons à prodiguer pour payer nos dettes ?

Serait-ce le bon vouloir de tous qui ferait défaut à l'œuvre commune ?

Non.

Mais le laboureur qui se rend aux champs le matin, le soldat qui monte sa garde à la porte de l'Assemblée, le boutiquier dans son comptoir et le voyageur sur la route interrogent, dans un accord unanime, le vent qui souffle de Versailles et se demandent avec anxiété quand il leur apportera ce rameau d'olivier, signe précurseur de la fin du déluge de 1871.

L'assemblée n'est pas constituante ?

Peut-être. *Adhuc sub judice...*

Mais il est une heure, fugitive toujours, à laquelle tout se pardonne et certes le besoin est si pressant, si universel, le provisoire est si détesté et si nuisible à tous les intérêts que personne n'aurait jeté la pierre à nos députés, s'ils avaient pris au trébuchet cet oiseau rare qu'ils n'ont pas su mettre en cage et dont les chansons nous sont encore inconnues.

Mais ces Fabius temporisent, et nous leur décernons respectueusement un mauvais point; car nous sommes de l'avis de l'affiche :

On demande une Constitution!

II.

A MADAME A. J.

Avez-vous lu, chère, dans les gazettes,
Ce pur chef-d'œuvre à l'Assemblée échu,
Où l'on nous prend pour de simples mazettes,
    Le discours de monsieur Trochu?

Ce général est homme de courage :
Il ose encor nous parler de son plan;
Vieux comme il est, je l'aurais cru plus sage,
    Mais puisqu'il le veut, parlons-en !

En eût-on ri, si l'on pouvait prétendre
A s'égayer, quand nous glissons si bas
Dans cet abîme où nous a fait descendre
  Ce héros qui n'en rougit pas !

Trop désireux d'escalader l'Olympe
Et célébrant son los sur tous les tons,
Trois jours de suite à la tribune il grimpe
  Pour débiter ses oraisons.

En quatre mots son discours se résume :
« J'avais prévu nos désastres passés ;
» Je ne veux pas d'une gloire posthume,
  » Je fus prophète, applaudissez ! »

De nos instants ce Breton est prodigue !
Que nous ayons d'autres pois à lier,
Il s'en soucie autant que d'une figue !
  De sa gloire il veut nous scier !

S'il est prolixe, au fait je lui pardonne :
Malgré le temps perdu, je suis content.
Nous connaissons enfin... elle est bien bonne !
  Ce plan qui nous intrigua tant !

Et pourquoi donc ? Dites-le, je vous prie !
Il existait, soyons juste et poli ;
Ce ne fut pas une plaisanterie,
  Et même il était bien joli.

Il s'agissait, le projet est superbe,
On le comprend sans être du métier,
De se passer d'Aurelle et de Faidherbe,
   Et d'aller se ravitailler.....

A Rouen ! même on aurait pris sans peine,
Si le Prussien ne s'y fût opposé,
En descendant tout doucement la Seine
   Le bateau qui mène à Jersey !

Mais à Coulmiers les soldats de la Loire
Se sont montrés bien à tort, c'est certain :
Qui l'aurait cru ? Ce fut une victoire
   Qui mit à l'eau ce beau dessein !

Et contre tous l'honorable s'escrime :
D'Aurelle même a commis un forfait ;
Il a battu les Prussiens, c'est un crime,
Puisque Trochu ne l'a pas fait !

Qui trompe-t-on ? On pense que l'on rêve !
Ce n'est pas nous, messieurs les députés,
Nous qui prendrons, par sainte Geneviève,
   Ces contes pour des vérités !

Permis à vous d'applaudir un collègue ;
Il a parlé, nous relevons le gant.
C'est un devoir que sa verve nous lègue,
   Sa verve qu'il va prodiguant !

Nous lui dirons : quand ces pauvres armées
Qui recrutaient des enfants demi-nus,
De paysans à la hâte formées
    Et de sublimes inconnus,

Par les guérets du Nord et de la Beauce
Allaient bravant l'hiver qui les tuait,
A chaque pas ouvrant plus d'une fosse
    Pour quelqu'un des leurs qui tombait,

Sans pain, sans feu, sans abris ni sandales,
Sans artilleurs et souvent sans canons,
Livrant partout ces batailles fatales
    Qui dans l'histoire ont de grands noms !

Que faisiez-vous, derrière vos murailles,
Où vous aviez en masse accumulé
Ce qu'il fallait pour gagner cent batailles
    Si vous n'eussiez pas reculé ?

Vous aviez tout, raillant notre détresse,
Hommes, chevaux et canons par milliers,
Paris aussi, l'immense forteresse,
    Et des vivres et des souliers !

Et les marins glorieux, un prodige !
Bercy, la source où le vin coule à flot,
Du fer, du bronze et Cail et tout, vous dis-je,
    Et les métiers de Godillot !

Qu'avez-vous fait? moins nombreux, nou plus braves,
De lourds soldats ont pu vous investir,
Paris brûlait de rompre ses entraves,
   De se venger et de sortir !

De sang un fleuve aurait coulé sans doute...
Vous n'avez pas voulu, par charité;
Le cœur vous a défailli sur la route...
   Voilà toute la vérité !

III.

On sait que nos députés se livrent entre eux assez volontiers à ces discussions animées dont on a le secret en France. Tout honnêtes et honorables qu'ils sont, ils s'entendent assez rarement, et il faut toute l'énergie et l'autorité de M. Thiers pour les mettre d'accord et seulement quand il se donne la peine de les haranguer deux heures durant, au grand détriment de ses forces, dont nous avons besoin.

Une mauvaise langue, pernicieuse, à leur sens, à la suite d'une de leurs querelles, tenait publiquement ce propos dans l'endroit le plus fréquenté de Versailles :

« J'aperçois de tout à la Chambre : des

» orléanistes, des légitimistes, des partisans de
» l'Empire, des républicains de toutes les cou-
» leurs, des dissipateurs, des conservateurs,
» des internationaux. Combien y comptez-vous
» de Français ?

» Si cette nuance prévalait, il n'y aurait pas
» de dix ans la plus légère division. Les avan-
» tages qui en résulteraient sont incalculables
» et n'ont pas besoin d'explication. »
Le cœur les comprend à demi-mot !

IV.

A M. D'A...

Vous qui tenez chez nous la corde
Pour l'esprit et le sentiment,
Que pensez-vous de la discorde
Qui s'agite au camp d'Agramant,
Je veux dire dans cette Chambre
Où sont venus de toutes parts
Des députés parfumés d'ambre
Et des députés campagnards,
Des bourgeois, des gens de septembre,
Des muets et des babillards ?
Pour distinguer toute la troupe
Qui grouille en ce Capharnaüm,

Il faudrait une fine loupe,
Un scrupuleux *vade mecum*.
L'amoureux des Pyat y coudoie
L'ami des princes d'Orléans,
Et Chambord y voit avec joie
Papillonner ses courtisans !
Monsieur Dahirel y talonne
En souriant les trois Martin,
Et le duc Decazes s'étonne
D'y rencontrer monsieur Tolain !
Louis Blanc, de son utopie
Expose en un style mielleux
L'agrément à M. Batbie,
Qui le réfute de son mieux.
Jour de Dieu! rien ne nous y manque!
On y compte des magistrats,
Des abbés, des hommes de banque,
Dont à cette heure on fait grand cas ;
Un évêque, force avocats,
Des généraux, quelques notaires
Pour authentiquer les contrats,
Des marins, des fonctionnaires,
Et des princes qu'on n'y voit pas!
En ce bazar on tient boutique
De toutes les opinions,
Et selon ses dévotions
A sa fantaisie on trafique
De la monarchie éclectique

Bouquet des restaurations,
Ou de la sainte République,
Sauvegarde des nations !
Dans ce jardin du pêle-mêle
Quelle fleur pour nous éclora ?
Aurons-nous la foudre ou la grêle
Quand le nuage crèvera ?
Plus d'un Normand s'en inquiète,
Plus d'un diplomate, accoudé
Sur sa table, en hochant la tête,
Calcule à qui viendra le dé.
Nous, anxieux, loin du rivage
Voyant notre vaisseau battu
Par tant de vents et tant d'orage,
Prêt à rompre comme un fêtu,
Nous demandons si le pilote,
Mal servi par ses compagnons,
Pourra sauver la galiote
Où flottent tant de pavillons,
Et rapprocher toutes ces têtes
Dont l'union peut conjurer
L'effort de ces folles tempêtes
Où l'équipage va sombrer ?

V.

Quelqu'un, vous entendez bien, ce n'était pas

le premier venu, quelqu'un disait il y a deux jours dans un cercle fort attentif :

« Il n'y a qué deux camps en France ;

» Celui des républicains,

» Celui des monarchistes.

» Les républicains sont peu nombreux, mais » fort entêtés.

» Les monarchistes sont fort entêtés et fort » nombreux.

» Ni les uns, ni les autres ne veulent céder.

» C'est pour cette raison que les princes » d'Orléans ont tant de chances. Ils représen- » tent la monarchie parlementaire et constitu- » tionnelle, une sorte de République dont le » président s'élit moins souvent qu'aux Etats- » Unis.

» Ils forment donc le lien avec lequel les » gens d'affaires réunissent les plaideurs achar- » nés, quand les conseils et les clients ont de » l'esprit et de la bonne foi.

» Ils sont la transaction.

» Messieurs, quand transigerons-nous ? »

VI.

LE MARQUIS DE CARABAS.

A B. J.

Dans le manoir gothique où la pierre en dentelles
Finement se découpe aux frontons des tourelles,
Le vieux marquis hier fort gaiement s'éveilla,
Et sonnant son valet de chambre, grasseya
Ces mots que le perfide aujourd'hui me révèle,
Et dont je suis pour vous l'interprète fidèle.
S'il ne les a pas dits, d'autres l'ont déjà fait,
Et vous me sifflerez si je suis indiscret :

> Jasmin, décroche dans l'armoire
> Mon bel habit jaune serin
> Dont j'aime fort l'antique moire,
> Avec les revers de satin.
> Tires-en aussi mon tricorne
> Après l'avoir épousseté,
> Et la grande plume qui l'orne,
> Et l'épée à mettre au côté.

> Cette vénérable défroque
> Depuis cent ans se mange aux vers...
> Malheur au manant qui s'en moque
> Et la regarde de travers !

Dans le beau zèle qui m'anime,
Moi, je soutiens, sans contredit,
Que si l'on prend l'ancien régime
On peut mettre son vieil habit !

Mon ami Kerdrel, je m'en pâme !
Me mande qu'à cor et à cri
La Chambre, monarchique en l'âme,
Réclame notre doux Henri !
Chambord déjà se badigeonne !
Versailles va se redorer,
Les lys de la noble couronne
Sont en train de se restaurer !

Ventre-saint-gris ! La bonne aubaine !
Nous allons reprendre le rang
Que nos aïeux à grande peine
Gardèrent dix siècles durant !
Et dans cet âge, en leçons riche,
Démontrer, sans faire pitié,
Que nous n'avons, ventre-de-biche !
Rien appris et rien oublié !

Bientôt ma dévote marquise
Tiendra de nouveau, c'est légal,
Le haut du pavé dans l'Église
Avec son banc seigneurial !
Même, faisant la révérence,
J'exigerai que mon curé

Dans les jours fériés m'encense...
Notre maire en sera navré !

Accordant avec déférence
Aux coquins ce qui leur est dû,
Je veux qu'on dresse une potence
Où le routier sera pendu,
Que la haute et basse justices,
Chez moi, se rendent en mon nom
Et que l'on me comble d'épices
Pour me prouver qu'on a raison !

Je trouve un droit dans un vieux titre
Qu'on eut tort de me retirer ;
Comme j'aurai voix au chapitre,
J'espère bien le recouvrer !
Il n'est pas bon que les grenouilles,
Troublent la nuit de leurs ébats,
Avec leurs bruyantes patrouilles,
La marquise de Carabas !

Mes serfs battront avec des gaules
Mes fossés par décret royal...
Si l'on en hausse les épaules
Cela me sera fort égal :
Un privilége aussi me tente...
Vais-je le réclamer en vain ?
Entre tous ceux que l'on nous vante
Ce fut vraiment le droit divin !

Crois-tu, maraud, que l'on assure
Que des esprits matériels
N'approuveraient pas la tournure
De ces faits providentiels ?
Ce roi chrétien les effarouche !
Ces bourgeois sont aux d'Orléans !
Va ! pour que leur courroux me touche,
Ce sont de trop petites gens !

On ne sait quelle mouche pique
Aussi tous ces originaux
Qui, pour leur sotte république,
Crient aux quatre points cardinaux ;
Mais ils feront bien de se taire,
Trochu le leur a dit tout net !
Quand il scande le mot : Sectaire !
Ça vaut des vers de Gondinet !

Jasmin, ici ! bélître, avance !
On m'affirme, c'est un moqueur,
Qu'on trouve encor plus d'une chance
Au neveu de l'usurpateur !
Malgré Rouher qui veut nous battre,
Forcade, David et Conti,
C'est le bon billet de La Châtre
Qui reste à ce pauvre parti !

Aussi Baze en souriant trotte !
Le Belcastel est enchanté !

Berryer dans la tombe se frotte
Les mains avec solennité !
Pour nous, en attendant la fête
Qui met Buonaparte aux abois,
Allons, avec nos chiens de tête,
Courre un vieux dix cors dans les bois !

Qu'importent la chasse fermée,
Le garde-champêtre et la loi !
La France est à nous, La Ramée !
Le roi revient : *Vive le Roi !*

Puis il partit en brillant équipage !
Il est rentré le soir tout soucieux.
Est-ce un hasard ? Est-ce un mauvais présage ?
Le marquis a fait buisson creux !

VII.

CALIBAN A MIMI PINSON.

Je suis, ma toute belle, dans une grande colère qui n'a rien de commun avec celles de l'affreux père Duchesne dont tu as peut-être entendu parler.

Sois sans inquiétude et ne fronce pas tes beaux sourcils bruns.

Ce n'est pas à cause de ce capitaine d'un état-major fantaisiste qui, hier soir à neuf heures treize, tu vois si je suis bien informé, s'est glissé dans ton vestibule avec un bouquet de camélias de chez Prevost et des intentions hostiles à mon amour-propre.

Pas le moins du monde. D'abord je ne sais rien ; et puis le cœur des Parisiennes, il y a des exceptions, est spacieux comme une maison du boulevard Haussmann et je n'ai pas la prétention d'occuper seul un local aussi vaste. Un appartement m'y suffit, et mon bail n'en comporte pas davantage.

C'est de politique qu'il s'agit, — et je te parle si souvent d'autre chose que je te demande la permission de te faire une conférence sur ce qui m'a si fort indisposé.

Ce sera ma vengeance, perfide, et votre punition.

Qui a dit que la province a de l'aversion pour la grande ville et que Paris est abhorré de ceux qu'il a spirituellement qualifiés de ruraux ?

Je ne veux pas le savoir, mais à coup sûr, le cerveau où cette idée est éclose n'était pas en possession de la plénitude de ses facultés.

Vos gavroches, Mademoiselle, ont des expressions pittoresques pour qualifier sa situation.

Comment, nous détestons Paris?

Je dis nous, non pas que je sois précisément un rural dans la pure acception du mot, mais j'ai le culte des bois, des vraies forêts, non pas de celles où trois gaules dressent leurs maigres branches sur deux cents mètres de sable clos de murs, des jardins sérieux où les quenouilles s'alignent et où les concombres s'arrondissent, et enfin de la maison du sage dont les volets blancs tranchent sur la brique rouge ou la pierre noircie par le temps.

J'adore le fouillis des lilas et des cytises aux coins des grandes pelouses, et j'ai la satisfaction d'errer trois ou quatre jours par semaine dans les champs de luzerne et de sainfoin, et dans les herbages plantureux et vivants de notre Normandie.

Enfin, s'il faut tout avouer, j'aime à voir ruminer, couchés dans l'herbe, les grands bœufs qui nous regardent avec leurs yeux bêtes et profonds; je ramasse mes foins avec sollicitude et je ne déteste pas de surveiller le binage de mes carottes et de mes pommes de terre.

Si c'est là ce qui mérite l'épithète de rural, je la revendique et je m'en fais honneur.

J'ai pourtant l'adoration de Paris autant que l'amour des champs, et mes affections se partagent équitablement entre ces deux objets.

La campagne nous attire par le calme de sa vie et la pureté de l'air qu'on y respire.

Paris a pour lui la liberté absolue, le mouvement qui fouette le sang et l'intelligence, les séductions animées qui trottent légèrement sur l'asphalte des boulevards, et celles qui s'étalent aux vitrines des boutiques, les trésors de science de ses bibliothèques, les trésors d'art de ses musées, la splendeur de ses monuments beaux jusque dans leurs ruines et enfin son immensité et la variété incessante de ses aspects.

Et qui donc n'aime pas Paris ?

Chacun de nous, si provincial qu'il soit, y a ses amitiés, ses affections, souvent sa famille, toujours quelques intérêts. Paris n'appartient pas tout entier aux Parisiens ; et n'est-ce pas Paris qui consomme ce qu'on récolte aux champs ? N'est-ce pas lui qui achète les chevaux de luxe de nos herbages, les chevaux de trait de nos fermes ? Et les poulets de Crèvecœur et de Houdan, et les grands bœufs dont je te parlais tout-à-l'heure, et les froments et les grains qui ondulent maintenant dans nos plaines ?

Ce sont donc des sophistes monstrueux qui sont allés jusqu'à dire que nous désirions votre anéantissement et la ruine de Paris !

Chaque pulsation de votre cœur retentit jusqu'au fond de la Bretagne, nous partageons vos joies qui sont les nôtres et nous souffrons de vos malheurs.

Voilà ce qui est vrai.

Je voudrais qu'on créât un pilori spécial et tout-à-fait désagréable pour les propagateurs de ces dangereuses doctrines qui tendent à nous diviser quand nous avons tant besoin d'union, et quand, il faut le crier sur les toits, nous avons tant le désir de nous aider et de nous soutenir les uns les autres pour arriver plus tôt au jour des représailles.

Pourtant, ma déesse, si l'homme n'est pas parfait, les capitales où il y en a beaucoup le sont moins encore, et Paris a mérité une critique que, du reste, on ne lui a pas ménagée.

Les pédants qui le perdent lui ont répété à satiété qu'il est le cœur et la tête de la France ;

Qu'hors de lui il n'y a ni intelligence, ni véritable savoir ;

Qu'au-delà du boulevard Montmartre et de la Madeleine il n'y a pas de salut pour un élégant.

Ils en ont tiré la conséquence que Paris doit, en sa qualité de tête, imposer ses volontés politiques et autres au reste de la France ; qu'en sa qualité de cœur, il peut seul donner le mouvement et la vie à la province, satellite assez médiocre qui gravite autour de cet astre de première grandeur.

Ces théories, qui ont le tort d'être d'abord vaniteuses et fausses ensuite, ont été tellement mises en lumière et publiées à son de trompe et à son de caisse, qu'elles sont parvenues à étourdir les esprits les plus fortement constitués.

Paris a été pris de vertige, et son amour-propre s'est exalté jusqu'à la déraison.

Il a oublié qu'aujourd'hui, avec les chemins de fer qui ont changé toute notre économie sociale, il n'y a pour ainsi dire plus de provinciaux et plus de Parisiens ; qu'avec la rapidité des transports, les produits de Paris, de la province et du monde entier s'échangent et se répandent jusqu'au fond des villages les plus reculés ; qu'enfin, l'éducation aidant, les idées de Paris vulgarisées par la presse, se sont étendues de tous les côtés, les intelligences se sont nivelées de telle façon qu'aujourd'hui les habitants de la province sont initiés aux élégances et aux mystères de la vie parisienne, tandis que les Parisiens ont appris à connaître les secrets, les nécessités et les avantages de la vie provinciale. Et, en effet, où trouvez-vous les provinciaux à certaines époques de l'année, si ce n'est à Paris, et où sont aujourd'hui les Parisiens libres de disposer de leur temps, si ce n'est à leurs maisons des champs?

Et enfin, combien de Parisiens sont nés à Paris, et la province n'a-t-elle pas fourni à la grande ville les deux tiers ou au moins la moitié de ses habitants?

C'est donc bien à tort qu'on établit entre nous, ruraux ou citadins, une distinction d'autant plus fàcheuse, qu'elle tend à amener un antagonisme qui heureusement n'existe pas entre Paris, l'orgueil de la France, et la province qui a besoin de lui, de même qu'il ne peut vivre sans elle.

En somme, Paris a ses splendeurs, la province a les siennes qui les valent, et le but des efforts communs doit être de nous faire tous bénéficier des unes comme des autres.

Non, ma toute charmante, nous n'avons jamais vu d'un œil satisfait les malheurs de notre ville aimée; chacun des incendies qui s'allumait dans son sein nous jetait dans une anxiété mortelle.

Combien d'entre nous n'ont pas tremblé pour quelqu'un qui s'y trouvait enfermé et dont la perte eût été peut-être le deuil d'une vie entière ?

Que ceux qui ont voulu susciter des haines inexplicables soint condamnés au supplice de Prométhée, et que le vautour mythologique léur déchire le viscère qu'ils ont à la place du cœur !

Paris ne serait rien sans la ceinture de départements qui l'entoure ; si Paris était rayé du nombre des cités, nous perdrions le plus beau fleuron de notre couronne, la plus riche perle de notre écrin, et, avouons-le, le plus gros billet de notre caisse !

La France serait décapitée.

Mais, pauvre chère, la pénitence est longue et je suis sans pitié.

Minuit est depuis longtemps sonné à ma pendule dont le balancier monotone me rappelle que le temps passe et que la nuit s'avance.

Comme un prédicateur vulgaire, j'ai endormi mon public, et je vois d'ici avec les yeux du cœur ta jolie tête enfouie sous les dentelles de ton oreiller.

Pardon d'avoir parlé raison à qui ne doit entendre parler que d'amour.

Ma confession est faite et je requiers mon absolution.

Et maintenant je te dirai pour adieu, ma belle païenne, ce que disaient les Alcibiades de l'Athènes antique, aux Aspasies du passé :

> Que l'enfant de Cypris
> Dépose mes baisers sur tes lèvres mi-closes
> Et que tes rêves soient de la couleur des roses!

VIII.

Maître Favre avec désespoir
A son portefeuille s'accroche,
Et que l'on dise blanc ou noir,
Sans peur, mais pas sans reproche,
Il se cramponne à ce pouvoir
Qui nous vaut plus d'une brioche !
« Il s'est conduit comme un berger, »
Disent des gens atrabilaires !
« Quand donc sera-t-il, pour changer,
» Non aux affaires étrangères,
» Mais aux affaires étranger ? »

J'approuve toutes leurs colères,
A l'écart il faut le ranger,
A moins pourtant qu'on ne l'envoie,
De ses amis je suis l'écho,
Ce que nous verrons avec joie,
Comme ambassadeur au Congo !

IX.

Une simple question?

M. Trochu a-t-il gagné beaucoup de gloire, quoiqu'il ait très-habilement soutenu sa cause, aux compendieuses explications qu'il a fournies à la Chambre sur ses faits et gestes?

Le maréchal de Mac-Mahon, qui s'est renfermé dans un si modeste et si éloquent silence, a-t-il perdu beaucoup de la renommée éclatante qui l'environne, en n'excusant pas ses glorieuses défaites?

Les généraux du premier Empire, à qui la gloire militaire n'a pas manqué, n'étaient pas des discoureurs, mais des hommes d'action.

S'ils ont encore aujourd'hui des imitateurs, nous devons leur attribuer d'autant plus de prix qu'ils deviennent plus rares.

Le populaire, souvent juste dans ses sentences, ne s'y trompe guère, et les discours ont peu d'influence sur ses jugements.

Il en est dont le plus habile ne se relève pas.

X.

Émile Augier a fait jadis une comédie intitulée : *la Pierre de Touche,* qui n'obtint qu'un succès médiocre. Sandeau n'y fut pas étranger.

C'était au temps où l'on s'amusait. L'apparition d'une œuvre de Sardou, de Dumas ou d'Augier était un événement.

Hélas ! que nous sommes loin de ces jours peu mouvementés !

Le souci d'une affaire d'argent, le soin de plaire à deux yeux fripons, le désir d'entendre l'œuvre nouvelle de Gounod ou d'Auber, le Salon de peinture, un retour de la Patti ou de Mme Miolan, c'étaient là les passe-temps des oisifs et des délicats.

Comment en un plomb vil l'or pur s'est-il changé?

Aujourd'hui, c'est d'élections qu'il s'agit :
Élection des Conseils municipaux,
Élection des Maires,
Élection des Conseils d'arrondissement,

Élection des Députés,

Élection complémentaire pour l'Assemblée ;

Toujours les élections ! L'urne électorale, les bulletins de toutes les couleurs et les cartes d'électeurs et les professions de foi qu'il convient de ne pas oublier.

Nous sommes devenus un peuple excessivement gai.

On dira bientôt la joyeuse France, comme on disait la joyeuse Angleterre.

Le peuple-roi s'amuse !

Et comme il se divertit, grands dieux !

Ah ! si l'on pouvait, une bonne fois, voter sérieusement et en finir, pour quelque temps du moins, avec le suffrage universel, qui s'est travesti, jusqu'à présent, en une sorte de bêtise également universelle !

Votons donc, puisqu'il le faut.

Nous sommes condamnés au supplice de l'urne.

Exécutons-nous.

Cela dit, je reviens à la comédie d'Augier, que j'ai laissée assez loin en arrière.

Je ne lui emprunte que son titre. M. Augier est riche et peut me le prêter sans s'appauvrir.

Cette élection sera la vraie pierre de touche de notre sagesse.

Elle nous donnera la mesure du profit que nous aurons retiré des événements qui se sont succédé dans ces deux néfastes années.

Nous allons savoir ce que nous devons crain-. dre et ce que nous pouvons espérer, si nous allons nous relever plus forts de nos chutes comme Antée, quand il avait touché la terre, ou si nous sommes destinés à renouveler, en les dépassant, les extravagances du bas Empire, et si l'épopée de la France est arrivée à la catastrophe finale.

Le Deux juillet sera notre pierre de touche.

XI.

Non, il n'y va pas de main morte,
L'excellent monsieur Baragnon ;
La réforme qu'il nous apporte
A poussé comme un champignon.

Ce député, sans crier gare,
A demandé soudainement,
En soulevant une bagarre,
Du Code le remaniement.

Rien que cela! Le droit d'aînesse!
Allez et ne vous gênez pas!
On voit bien où le bât vous blesse!
Toujours monsieur de Carabas!

Faites, que rien ne vous arrête;
Jetez nous vite, ventrebleu!
Une tuile en plus sur la tête
Et du pétrole sur le feu!

Pourquoi, lorsque l'on est en veine,
S'arrêter en si beau chemin?
Et le droit d'aînesse s'enchaîne
Si bien avec le droit divin!

Rendez-nous la terre promise
Où les cadets disgraciés
Trouvaient un refuge à l'Église!
A moins que vous ne supposiez,

En vous tant de lumière brille,
Qu'on doive songer au Sénat,
Avant d'abattre la famille,
A reconstituer l'État!

XII.

Tous les commerçants qui se plaignent n'ont pas tort.

Nous avons vu ce soir l'équipage d'un industriel qui peut à juste titre jeter les hauts cris sur sa situation.

C'était sur la place du Carrousel.

La voiture portait écrite en gros caractère cette légende : X., entrepreneur des fêtes du Gouvernement.

En voilà un qui ne doit pas faire d'argent !
Que ne va-t-il à Berlin?

XIII.

Monsieur d'Audiffret a parlé !
Même il a parlé comme un livre !
Il a très-aigrement sifflé
Nos sottes manières de vivre.
Bientôt nous allons voir céans,
Conspués sans miséricorde,
Les traitants de sac et de corde
Qui se dorent à nos dépens,

Et, par sa bénigne faconde,
Demain va fleurir dans le monde
Le règne des honnêtes gens !

On n'est pas fait comme de cire,
D'un côté chacun est caduc ;
Le spectre du second Empire
Inquiète le noble duc ;
Comme en revenant de Pontoise,
A tout propos il cherche noise
A ce désastreux oripeau ;
De coups il n'est pas économe,
Et met en quatre le fantôme
Qui gît défunt sur le carreau.

Il a dispersé dans l'abîme
Les cendres des Napoléon ;
Si son éloquence fait prime,
Les voilà loin du Panthéon !
Pasquier ne connaît pas d'obstacle !
Prestement il monte au pinacle ; —
Il ne s'en faut pas d'un cheveu,
Après cette oraison funèbre,
Qu'il ne devienne aussi célèbre
Qu'est célèbre son coupé bleu !

28 juin.

CALIBAN.

Paris. — Imp. Balitout. Questroy et C°, rue Baillif, 7.